JULIEN DE LAURIÈRES.

A QUOI SERVENT LES AMIS.

PROVERBE.

MONTPELLIER,

IMPRIMERIE DE F. GELLY, 3, RUE ROUCHER.

1855.

A QUOI SERVENT LES AMIS.

PROVERBE.

C.

JULIEN DE LAURIÈRES.

A QUOI SERVENT LES AMIS.

PROVERBE.

MONTPELLIER,

IMPRIMERIE DE F. GELLY, 3, RUE ROUCHER.

1855.

A QUOI SERVENT LES AMIS.

—

PROVERBE.

—

ARTHUR.	M. VALTEAU.
RODOLPHE.	Mlle HORTENSE.

Scène Ire.

ARTHUR, RODOLPHE.

(Arthur fume, allongé sur un canapé. — Rodolphe entre ; il court à lui).

ARTHUR, *l'embrassant.*

Ce bon Rodolphe ! comme c'est aimable à toi ; venir de si loin.

RODOLPHE, *lui tendant la main.*

Je reviendrais des Antipodes lorsqu'il faut tendre la main à un ami qui se noie.

ARTHUR, *souriant.*

Qui se marie, veux-tu dire ?

RODOLPHE.

Précisément. — Ah !... tu fumes... tu souris... tu ris tout-à-fait ! — Est-ce que tu serais veuf, déjà ?

ARTHUR, *s'asseyant.*

Veuf, non ; mais je suis encore aussi garçon que jamais pour cinq jours.

RODOLPHE.

Cinq jours ? — J'aurais le temps de te voler ta femme cinq fois... si j'étais capable d'un pareil dévouement.

ARTHUR.

Je t'en dispense.

RODOLPHE.

Sois sans crainte, je ne concours pas pour le prix Monthyon. (*Allant à lui, avec un air profondément affligé.*) Ainsi, tu vas te marier, comme le plus niais des bourgeois ?

ARTHUR.

Absolument.

RODOLPHE, *lui prenant la main.*

Pauvre ami ! tu es donc bien malade ?

ARTHUR.

Mais non... je me porte à merveille et me case parfaitement.

RODOLPHE.

Je devais m'en douter. — Tu n'avais pas la tête assez forte pour supporter un séjour de six mois en province.

ARTHUR.

Le fait est que je suis devenu raisonnable. — J'épouse une femme charmante, un peu maigre, mais avec une dot rondelette et bien nourrie. Je t'assure que, l'une portant l'autre, je fais une excellente affaire.

RODOLPHE.

Tu n'es pas amoureux ?

ARTHUR.

Amoureux ? Allons donc ! Je m'ennuie; je suis rassasié
des plats plus ou moins épicés que nous sert la vie de
garçon et je veux changer de nourriture, simplement.

RODOLPHE.

C'est ce que je disais : caprice de malade.

ARTHUR.

Soit. — Hortense ne me déplaît pas plus qu'une autre ; ses formes sont assez finement découpées, ses yeux
sont grands, ses cheveux sont noirs; c'est une femme
très-présentable.

RODOLPHE, *souriant.*

Une femme *essentielle,* qui mettra plus de sel dans
ta soupe que dans sa conversation.

ARTHUR.

La femme doit avoir tout juste l'esprit d'un miroir ;
elle est destinée à refléter les pensées de son mari, pas
davantage.

RODOLPHE.

C'est assez commode pour ceux qui tiennent à avoir
plusieurs éditions de leurs idées. Moi, j'aurais acheté
un perroquet; il y avait économie. — Et tu as fait la
cour à cette ingénue ? Peste ! tu lui auras dit de bien
jolies choses et elle a dû t'en répondre de bien réjouis-
santes.

ARTHUR.

Tu n'es plus de ce monde, mon cher Rodolphe, et tu
n'as pas la plus légère notion de ce qui s'y passe. —
Mme de Nogent, une femme charmante qui s'intéresse à
moi, m'a demandé, un jour, ce que je pensais du mariage. Je lui ai répondu que le mariage, à mon sens,

était le contre-poison des sots, ça les occupe, et l'opium des gens d'esprit, ça les endort ; tout le monde en a besoin.

RODOLPHE.

Ta définition a le seul mérite d'être incompréhensible ; c'est bien peu de chose par le temps qui court.

ARTHUR *continuant.*

Là dessus, elle m'a chiffré une dot raisonnable ; j'ai accepté. On m'a ménagé, sous le sceau d'un secret publié pendant huit jours, une entrevue avec la demoiselle. Cette charmante personne a pris les yeux baissés et la tenue obligée en pareille occurrence ; je lui ai fait compliment sur sa coiffure ; elle a cru devoir rougir au lieu de me répondre, et nous nous marions mercredi prochain.

RODOLPHE.

Tu me fais frémir ; ce mécanisme est d'une simplicité telle, qu'on est exposé, tous les jours, sans le savoir, à se marier le lendemain.

ARTHUR.

Il faut ajouter que si j'ai peu vu ma future, j'ai eu de longues conférences avec le beau-père, banquier en retraite, que sa fille mène comme un pantin, je le soupçonne.

RODOLPHE.

Et tu tiens beaucoup à ce mariage ?

ARTHUR.

Moi, pas le moins du monde ; je me laisse faire par désœuvrement. On m'annoncerait à l'instant même la rupture des négociations, que mes sourcils n'en feraient pas un pli, et je rirais plus que toi de mes déceptions matrimoniales.

RODOLPHE.

Voilà tout ?

ARTHUR.

Voilà tout ... tu en seras pour tes frais de deuil ; je jouis de toutes mes facultés. Hier seulement, j'ai fait mes adieux à Charlotte ; elle les a reçus avec beaucoup de majesté.

RODOLPHE.

Ah ! il y a une Charlotte ?

ARTHUR.

Une petite blonde, qui perchait à Paris, rue Favart, et dont la vertu a légèrement trébuché en ma faveur.

RODOLPHE.

Avec un pied de marquise et une cheville de duchesse?

ARTHUR, *étonné*.

Ah ! tu la connais jusqu'à cheville ?

RODOLPHE.

Inclusivement.... — Douée d'un goût ruineux pour les fraises arrosées de madère et la littérature émaillée de points d'exclamation. (*On frappe à la porte.*)

ARTHUR.

Entrez.

Scène II.

ARTHUR, RODOLPHE, VALTEAU.

M. Valteau se glisse dans la chambre d'un air embarrassé.

ARTHUR *allant à lui.*

Eh! c'est ce cher M. Valteau. — Permettez-moi de vous présenter un de mes bons amis, Rodolphe Saurel , qui vient de faire deux cents lieues tout exprès pour mon mariage.

M. VALTEAU *baissant les yeux et faisant tourner son chapeau dans ses doigts :*

Tout exprès..... Ah !... Monsieur, je suis heureux..... c'est-à-dire.... je suis peiné... car , enfin...

ARTHUR, *à Rodolphe.*

M. Valteau, le père de ma charmante fiancée.

RODOLPHE, *bas à Arthur.*

Peste ! voilà une antiquité très-précieuse ! Pour combien le beau-père entre-t-il dans la dot ?

ARTHUR, *à M. Valteau.*

Nous parlions de vous , mon cher M. Valteau , et de mon bonheur en des termes.... que je ne répèterai pas.

RODOLPHE, *souriant.*

Et je félicitais ce cher Arthur avec un enthousiasme... que je ne reproduirai pas davantage.

M. VALTEAU.

Messieurs, je suis touché.... cependant, il ne faut rien exagérer... Les femmes sont capricieuses....

(Changeant de ton et se tournant vers Arthur) :
Monsieur Dorteuil, ma mission est délicate et je suis
heureux de la présence de votre ami.... qui.... doit....
(embarrassé, à Rodolphe) car enfin, Monsieur, vous.....
devez....

RODOLPHE, *très-gravement.*

C'est bien possible ; il y a toujours de petites dettes
dont on ne peut se défaire par affection.

M. VALTEAU, *avec effort.*

Monsieur Dorteuil.

ARTHUR.

Monsieur !....

M. VALTEAU.

Ma fille....

ARTHUR, *l'interrompant.*

Mademoiselle votre fille est charmante.

M. VALTEAU.

Ma fille.... ne veut pas se marier.

ARTHUR, *abasourdi.*

Votre fille ne veut pas se marier ?

M. VALTEAU.

Oui. Je vous entends, vous allez me dire : Et le
motif...? Parbleu ! le motif ? Je le lui demande depuis
hier, car enfin il est sûr et certain qu'on ne peut pas ,
sans motif, sous prétexte que les femmes sont capricieuses....

RODOLPHE, *allant à lui, avec un sérieux comique.*

Monsieur, je ne connais pas Mademoiselle votre fille ,

mais je la suppose infiniment spirituelle. — Soyez assez
bon pour lui présenter mes hommages.

M. VALTEAU.

Monsieur, je suis touché. — François Ier le disait :

> Souvent femme varie :
> Bien fol est qui s'y fie !

RODOLPHE.

Eh ! qui demande à s'y fier ? Où serait le charme ?
Une femme n'est ni une borne, ni un baromètre ; c'est
une charade perpétuelle, un logogriphe vivant que les
hommes ont parfois la prétention de deviner, ce qui
prouve leur outre-cuidance , n'est-ce pas, Arthur ?

ARTHUR, à M. Valteau.

Quelque précieuse que puisse avoir été pour moi
l'espérance d'entrer dans votre famille, quelqu'étrange
que doive me paraître une résolution aussi.... tardive ,
veuillez croire, Monsieur, que je n'ai pas l'intention
d'approfondir les motifs de Mademoiselle votre fille.

M. VALTEAU.

Vous êtes bien bon....

ARTHUR , avec ironie.

Comme je vous le disais, les femmes sont capricieuses
et j'aime mieux l'apprendre aujourd'hui que.... trop
tard. Vous voyez que c'est moi qui vous devrai des
remercîments.

M. VALTEAU.

Si j'étais assez heureux pour espérer que nos rela-
tions ne seront pas complètement.....

ARTHUR, *de même*

Comment donc ! pour une pareille misère?.... Mais je n'y songe déjà plus....

VALTEAU, *s'en allant.*

Tant de bontés ! Je suis confus, vraiment... (*à Rodolphe)* Monsieur, je suis votre très-humble serviteur.

RODOLPHE *l'accompagnant.*

Enchanté, Monsieur, d'avoir fait votre connaissance. *(Fermant la porte).* Et voici la fin d'un roman.

—

SCÈNE III.

ARTHUR, RODOLPHE.

Arthur reste pensif dans un fauteuil. — Rodolphe va s'étendre sur un canapé et lui tourne le dos.

RODOLPHE, *riant.*

Morbleu ! Arthur, tu as été superbe; de la dignité , du calme, de l'ironie ! Je ne te savais pas de cette force. — Enfin, te voilà réveillé d'un fameux cauchemar ; et je n'en suis pas moins heureux que toi....

ARTHUR , *sans l'écouter.*

C'est incompréhensible ! — Avant hier elle était presque agaçante et aujourd'hui !...

RODOLPHE , *continuant.*

Tu dois regretter le beau père ! Je te l'aurais emprunté. On n'est pas fâché, quand il pleut ou qu'on a le spleen, de trouver à sa disposition une caricature aussi réjouissante!

ARTHUR, *poursuivant sa pensée.*

T'expliques-tu un pareil procédé ?...

RODOLPHE.

Je ne m'explique jamais rien ; les choses expliquées sont toujours incompréhensibles.

ARTHUR.

Il était convenable au moins de donner des motifs.

RODOLPHE.

A moins qu'il ne soit poli de n'en pas donner.

ARTHUR.

Il me semble que je fesais grand honneur à *mesieu* Valteau.

RODOLPHE.

Certainement, mais quand un bonheur nous arrive, il ne faut pas être trop scrupuleux sur ses antécédents.

ARTHUR, *se levant.*

Tu dis vrai ; je suis le plus heureux des hommes.

RODOLPHE.

Tu ne m'étonnes pas ; avoir vu l'abîme de si près !...
— Parlons de Charlotte...

ARTHUR, *marchant à grands pas.*

Mais, morbleu ! cette petite fille se jouait de moi.

RODOLPHE.

Estime-toi très-heureux que l'espiéglerie finisse à temps.

ARTHUR.

Je te trouve superbe ; tu appelles cela une espiéglerie?

RODOLPHE.

Je l'appellerai, si tu le veux, une tentative de vol, sans escalade, ni effraction. — Mais d'où te vient cette figure bouleversée ?...

ARTHUR.

Supposes-tu, par hasard, qu'on puisse recevoir une pareille tuile sur la tête sans être légèrement abasourdi ?

RODOLPHE.

Cependant, tu disais...

ARTHUR.

Je disais ! Et mon Dieu ! si l'on devait dire ce qu'on pense, personne ne dirait rien...

RODOLPHE.

C'est une opinion personnelle que je respecte ; mais tu ne peux regretter beaucoup une femme que tu connaissais à peine.

ARTHUR.

Non, sans doute, ce n'est pas du regret, c'est du dépit, c'est... — Il faut bien reconnaître qu'elle est charmante.

RODOLPHE.

Tu disais...

ARTHUR.

Toujours ! — Tu vas me torturer à présent. — Eh bien oui ! C'est une pitié, mais nous sommes ainsi... Je regardais cette jeune fille comme mon bien, comme ma chose ; je l'aurais épousée avec une indifférence pleine de fatuité, sans chercher à me rendre compte d'un événement aussi naturel ; et depuis que je la perds, depuis

qu'elle m'a soufflcté de son refus, je lui trouve mille sé
ductions, il me semble qu'elle prend racine dans mon
cœur, je souffre, je pleurerais presque... de rage.

RODOLPHE.

Vanité! voilà bien de tes coups!

ARTHUR, *changeant de ton.*

Rodolphe, je puis compter sur ton amitié?

RODOLPHE.

Dispose de moi.

ARTHUR.

Tu vas, immédiatement, faire une visite à M. Valteau.

RODOLPHE, *étonné.*

Moi?

ARTHUR, *continuant.*

Presque en face, au nᵒ 7 ; le portier t'arrêtera en te
disant : *Monsieur est sorti ;* tu répondras : *c'est bien,*
et tu prendras la première porte à gauche.

RODOLPHE.

Permets ; puisque ce respectable banquier n'est pas
chez lui...

ARTHUR.

Précisément. Cette porte te conduira au salon où tu
trouveras Mlle Hortense, seule.

RODOLPHE.

Ton ex-future, seule! et que veux-tu que je lui dise?

ARTHUR.

Tout ce qui te passera par la tête.

RODOLPHE.

Je crains que ce ne soit bien court.

ARTHUR, *s'approchant de lui.*

Tu finiras sans doute par savoir en quoi j'ai pu lui déplaire.

RODOLPHE.

Peste! c'est une mission très-délicate; je suis très-gauche avec les ingénues.

ARTHUR.

Mlle Valteau a perdu sa mère très-jeune; elle fait parfaitement les honneurs d'un salon et ne sera pas plus timide qu'il ne faut. *(Lui prenant la main.)* Rodolphe! tu essayeras de renouer ce mariage, n'est-ce pas?

RODOLPHE, *stupéfait.*

Moi, te marier!

ARTHUR, *vivement.*

Ne fais pas d'objections, je les connais; on ne discute pas le bonheur; chacun le prend où il peut.

RODOLPHE.

Je rêve! — comment tu espères que moi?...

ARTHUR, *l'interrompant.*

J'espère que tu emploieras toutes les ressources de ton esprit pour me rendre une femme que j'adore.

RODOLPHE.

Tu l'aimes! mais malheureux!

ARTHUR, *le poussant vers la porte.*

Pars, ne réfléchis pas; chaque minute perdue est un

supplice. Ton dévouement ne me refusera pas la première preuve que je lui demande?...

RODOLPHE, *déjà dans l'escalier.*

Mais je vais être affreusement bête.

ARTHUR.

Tant mieux! tu n'en paraîtras que plus vrai.

(Il sort par une porte latérale.)

—

Scène III.

Dans le salon de M. Valteau.

HORTENSE, RODOLPHE.

(Hortense fait de la tapisserie. En voyant entrer Rodolphe, elle se lève.)

HORTENSE.

Monsieur désire, sans doute, parler à mon père ?

RODOLPHE.

Je le préférerais, je l'avoue ; mais c'est bien à Mademoiselle Valteau que ma visite s'adresse.

HORTENSE, *étonnée.*

A moi ?... Mais, à moins que vous ne veniez m'offrir des rubans ou des dentelles ?...

RODOLPHE.

Je regrette, pour la première fois de ma vie, Mademoiselle, de ne pas être commis en nouveautés ; malheureusement je n'ai pas cet honneur : je me nomme

Rodolphe Saurel, et de modestes rentes me permettent de vivre, malgré ma profession d'avocat.

HORTENSE.

Ces détails, vous en conviendrez, ne peuvent m'intéresser beaucoup.

RODOLPHE.

Je le pense comme vous, Mademoiselle.

HORTENSE.

Vous me permettrez donc de trouver cette visite bien étrange.

RODOLPHE, *avec un soupir.*

A qui le dites-vous?...

HORTENSE.

Mais alors, Monsieur, qui vous empêche de l'abréger ?

RODOLPHE.

J'accomplis un devoir, Mademoiselle.

HORTENSE, *souriant.*

Oh! s'il s'agit d'un devoir, c'est bien différent; vous venez en quêteur.....

RODOLPHE.

Un peu... Je suis l'ami de M. Dorteuil.

HORTENSE, *rougissant.*

Vous avez pris là, Monsieur, un bien mauvais passeport.

RODOLPHE.

J'en suis désolé, Mademoiselle, car je n'en ai pas d'autre. Arthur m'a fait part de son mariage, et j'ai fait deux cents lieues.....

HORTENSE, *avec malice.*

Pour y assister?...

RODOLPHE.

Non, Mademoiselle, pour l'empêcher.

HORTENSE, *étonnée.*

Ah! vous vouliez.....

RODOLPHE, *l'interrompant.*

J'aime beaucoup mon ami, Mademoiselle.

HORTENSE.

Eh bien! Monsieur, votre souhait est accompli, et
vous pouvez repartir triomphant; votre ami ne se marie
pas, du moins que je sache.

RODOLPHE.

Je le sais aussi, Mademoiselle, et c'est précisément
ce qui m'amène.

HORTENSE, *ébahie.*

Ah!!

RODOLPHE.

J'espère qu'un malentendu fâcheux disparaîtra, et
que...

HORTENSE, *de plus en plus étonnée.*

Comment, Monsieur, vous venez en parlementaire?..

RODOLPHE.

Vous trouvez qu'il y a peu de logique dans mes idées;
je partage complétement cette opinion, mais je vous
prie de remarquer, Mademoiselle, que la logique est
bien proche parente de l'entêtement, et que si je fais
taire mes opinions personnelles devant les prières de l'a-

mitié, j'accomplis, si je ne me trompe, un acte de dévouement.

HORTENSE.

Dans tous les cas, vous devez comprendre, Monsieur, que votre intervention ne peut que m'être extrêmement désagréable.

RODOLPHE.

J'en suis très-convaincu, Mademoiselle; aussi suis-je bien décidé à affronter courageusement le malheur de vous déplaire : c'est le seul mérite de ma démarche.

HORTENSE.

Ainsi, Monsieur, vous restez?

RODOLPHE.

Croyez, Mademoiselle, que pour en venir à cette extrémité, il faut que je songe à la douleur d'Arthur.

HORTENSE, *avec ironie.*

Sa douleur! voilà bien le monde! on trouve de la compassion pour les blessures de l'amour-propre, et personne ne songe à plaindre la jeune fille qu'un homme épouse par ambition.

RODOLPHE.

Arthur vous aime, Mademoiselle. Il me l'a dit.

HORTENSE.

Il vous l'a dit! singulière preuve !

RODOLPHE.

Je vous assure, Mademoiselle, qu'il est désespéré et que je l'ai trouvé infiniment trop bête pour n'être pas convaincu de son amour.

5

HORTENSE, *souriant.*

Vraiment, Monsieur, j'avais tort de médire de votre visite ; la conversation prend une tournure très-amusante.

RODOLPHE.

Je dois avouer que ce n'est pas là mon but et je voudrais vous exprimer les jolies choses que pense probablement Arthur, mais il a choisi un bien mauvais interprète.

HORTENSE.

L'idée que je me fais de ces jolies choses, comme vous les appelez, ne me laisse aucun regret et je vous suis reconnaissante de vouloir bien les oublier.

RODOLPHE.

Je n'ai aucun mérite, Mademoiselle ; je ne les ai jamais sues.

HORTENSE.

Tant mieux, et quelqu'étranges que soient nos positions respectives, je ne résisterai pas au désir de vous prouver à vous et à M. Dorteuil que les jeunes filles ne sont pas toujours dupes des comédies qui se jouent autour d'elles. (*Elle s'assied*). Veuillez vous asseoir ; c'est un petit mouvement de coquetterie que vous me pardonnerez, n'est-ce pas?

RODOLPHE, *s'asseyant.*

J'ai toujours pensé que la coquetterie, arrangée avec grâce, était la plus séduisante parure des jolies femmes. Vous ne faites qu'user de vos armes.

HORTENSE.

Prenez garde! vous allez devenir galant.

RODOLPHE.

Ne vous en effrayez pas, ce serait par distraction.

HORTENSE, *souriant.*

Décidément, je vous jugeais mal, et votre..... franchise me met à l'aise...

RODOLPHE.

Je vous serais bien reconnaissant de me rendre le même service.

HORTENSE.

Mais vous voyez que j'y travaille, puisque je vous fais mes confidences. — Il est admis qu'on doit, à un certain âge, se faire une position et clôre sa jeunesse par un mariage. On ne se demande pas si le mari pourra aimer sa femme, si le cœur qui se livre à lui, plein de confiance et d'illusions ne se brisera pas contre un esprit froid et desséché. Il y a convenance dans les positions et chacun félicite la jeune fille qui aura le droit de porter des dentelles et de cacher, sous des diamants, toutes ses déceptions et toutes ses souffrances.

RODOLPHE.

Permettez; voici le tableau du mariage, vue prise du côté de la femme.

HORTENSE.

N'ai-je pas raison?

RODOLPHE.

Complétement, Mademoiselle; seulement les couleurs

en seraient bien plus sombres si la vue était prise du côté du mari.

HORTENSE, *continuant.*

Vous allez me croire l'esprit romanesque. — Non. — J'ai eu le malheur de perdre ma mère bien jeune et j'ai entrevu la vie de loin, avant d'y entrer. *(Avec une émotion croissante.)* Cependant, j'espérais encore trouver chez un homme un peu de cette affection compatissante dont nous avons besoin pour vivre, nous autres, pauvres femmes. Je ne lui aurais demandé qu'un peu de respect pour mes croyances du cœur, un peu de pitié pour mes illusions, et je lui aurais donné, avec joie, tout ce qu'il y avait en moi d'amour et de dévouement... Je demandais trop.

RODOLPHE, *un peu gagné par l'émotion d'Hortense.*

M. Dorteuil, Mademoiselle, a les sentiments trop élevés pour ne pas comprendre ces délicatesses de l'âme.

HORTENSE, *tristement.*

Je le croyais, Monsieur; notre imagination se fait si facilement la complice de nos désirs! mais l'erreur n'a pas été longue; M. Dorteuil acceptait la dot sans songer à la femme. Voici la lettre que j'ai reçue ce matin.

RODOLPHE, *étourdiment.*

Ah! l'écriture...

HORTENSE, *vivement.*

Vous reconnaissez cette écriture?...

RODOLPHE, *embarrassé.*

Je la reconnais... pour une écriture de femme.

HORTENSE, *avec un mépris écrasant.*

— . . Oui, c'est une femme, une rivale!!... — Lisez.

RODOLPHE, *lisant.*

« Ma toute belle! *(il s'arrête embarrassé).*

HORTENSE.

Voilà à quoi l'on nous expose; mais continuez.

RODOLPHE, *continuant.*

« Vous me volez mon Arthur,

HORTENSE, *l'interrompant.*

Son Arthur! Comment ai-je pu songer à épouser un nom aussi ridicule?...

RODOLPHE, *reprenant.*

« Vous me volez mon Arthur! je pourrais vous égratigner, mais j'aime mieux vous écrire! je ne suis pas fâchée de vous apprendre ce que c'est que le monde en général et l'homme en particulier !

» Le monde, mon adorée, c'est un grand mât de cocagne, où chacun essaie de grimper pour attraper le lot qui lui plaît!!! Les uns s'arrêtent à moitié chemin; les autres restent en bas, le nez en l'air, la rage au cœur ! les plus habiles dégringolent de plus haut, voilà tout!!! Pour le quart d'heure, vous grimpez, ma charmante, et moi, je glisse!!! Je compte sur une revanche!!!

» Quant à l'homme, c'est un bipède malfaisant, chez lequel l'instinct est désavantageusement remplacé par une girouette appelée *raison!* d'humeur contrariante, qui s'en va quand on l'appelle et vient quand on le chasse! bonne bête au fond, susceptible d'être apprivoisé et facile à plumer !!!

» Mais pour vous faire apprécier Arthur, je vous envoie un échantillon de son style !!!

» Votre adorée,
» Сharlotte. »

Hortense, *lui remettant un paquet de lettres.*

Est-ce assez de honte? Voici cette correspondance, que je n'ai pas daigné ouvrir; je vous laisse seul ; lisez-là, et je vous prierai, vous, l'ami de M. Dorteuil, d'être son juge. *(Elle sort.)*

—

Scène V.

RODOLPHE, ARTHUR.

Rodolphe, *pensif, regarde la porte par où vient de sortir Hortense.*

Arthur, *entr'ouvant la porte timidement.*
Seul... *(Il entre.)* Eh bien ?

Rodolphe, *surpris et cachant vivement les lettres qu'il tient à la main.*
Comment? Toi, ici !...

Arthur.

Je n'y pouvais tenir... — Il y a un siècle que j'attends... — Où en es-tu ?

Rodolphe.

Eh! eh!

Arthur.

On me garde toujours rigueur?...

RODOLPHE, *comme poursuivant une idée.*

Sais-tu que mademoiselle Valteau est très-bien ?...

ARTHUR.

Je te le disais ; elle est adorable.

RODOLPHE.

Elle cause parfaitement...

ARTHUR.

Avec beaucoup d'esprit.

RODOLPHE.

Beaucoup de cœur..;

ARTHUR.

N'est-ce pas ?

RODOLPHE.

Moi qui professais pour les ingénues une haine pro-
verbiale, je voulais rire des naïvetés de cette jeune fille ;
mais j'éprouvais un embarras singulier et sa voix sym-
pathique a fini par m'entraîner à l'observer avec un in-
térêt dont je ne me rends pas compte.

ARTHUR.

Sa bouche est un peu grande, mais elle découvre, dans
un sourire, des dents si fines, si blanches et si mi-
gnonnes !

RODOLPHE, *s'échauffant par degrés.*

Comme son cou se plisse gracieusement sous cette tête
charmante que semblent faire pencher les lourdes nattes
de ses magnifiques cheveux blonds !

ARTHUR, *de même.*

Comme sa petite main s'attache délicatement au plus
joli bras du monde !...

RODOLPHE.

Comme ses grands yeux bleus rayonnent avec calme.

ARTHUR.

Tu t'expliques donc mes regrets ?...

RODOLPHE.

Avant d'entrer dans ce salon, je ne comprenais que la femme au regard provoquant, aux poses préméditées, au langage railleur et sensuel ; peu m'importait qu'elle eût du cœur : je ne lui demandais que des sensations, comme on ne demande que des parfums à la rose ; et voilà que je trouve mille fois plus de séductions dans la pudeur instinctive de cette jeune fille que dans les plus savantes coquetteries des femmes à la mode.

ARTHUR, *étonné*.

C'est une conversion complète.

RODOLPHE.

Si tu savais avec quel charme inconnu je regardais ces lèvres, toutes rouges et toutes humides de fraîcheur, qui n'ont jamais été froissées par un baiser d'amour ; avec quel étrange sentiment de reconnaissance j'enveloppais de mes regards cette petite robe montante qui recouvre si chastement une taille souple et finement dessinée..... J'étais envahi par le platonisme ; je serais devenu vertueux, j'aurais fait des vers !... — Que diable ! on n'expose pas les gens à de pareils dangers sans les avertir !...

ARTHUR.

Quel lyrisme ! mais si tu plaides avec cette chaleur, je suis sûr de gagner ma cause.

RODOLPHE.

Ah! elle est bien mauvaise, ta cause!

ARTHUR, *vivement*.

Tu connais donc les torts qu'on me reproche?

RODOLPHE.

Ils sont épouvantables!

ARTHUR, *impatienté*.

Mais parle, parle donc...

RODOLPHE.

D'abord tu t'appelles *Arthur*.

ARTHUR, *stupéfait*.

Mais je me suis toujours appelé ainsi.

RODOLPHE.

Tu n'en est que plus coupable!

ARTHUR.

Ah ça! tu t'appelles bien *Rodolphe*, toi!

RODOLPHE, *étourdiment*.

Tu crois? — Quelle sotte manie d'habiller un homme, pour toute sa vie, avec un nom qui peut passer de mode! — Puis, mon cher, tu as le bonheur d'être aimé par une femme beaucoup trop littéraire.

ARTHUR, *avec explosion*.

Charlotte a écrit!

RODOLPHE.

Précisément. — Une lettre superbe, émaillée de points d'exclamation et dans le style que tu sais.

4

ARTHUR, *rayonnant.*

Voilà donc le mystère...

RODOLPHE, *très-grave.*

Voilà ton crime.

ARTHUR.

C'est une plaisanterie. — Que diable! je me marie et je romps... avant. C'est la chose du monde la plus naturelle, la plus morale.

RODOLPHE.

Je le croyais, mais Mademoiselle Valteau vient, presque, de me prouver le contraire.

ARTHUR.

Espérait-elle, par hasard, épouser un petit ange joufflu, tombé tout exprès du ciel?

RODOLPHE.

Si tu avais vu, comme moi, la prose de ta Lorette éhontée dans les doigts de cette jeune fille, tu aurais trouvé là une anomalie qui creusait un abîme entre vous.

ARTHUR, *étonné.*

Voyons, Rodolphe, as-tu perdu le sens moral?...

RODOLPHE.

Mon cher Arthur, tu n'étais pas digne d'être le mari de cette femme; tu ne l'aurais pas comprise.

ARTHUR.

Tu veux rire... Il te sera bien facile de lui faire avouer que cet enfantillage n'a pas le sens commun, et n'est plus de mise. Il faut qu'un homme connaisse parfaitement tous les recoins de la vie pour pouvoir faire éviter à sa femme les ronces ou les bourbiers. C'est un point reconnu. Je vais me rapatrier avec le beau-père et tu assisteras à mon mariage, mercredi.

RODOLPHE, *vivement*.

J'entends le frôlement de sa robe. Laisse-moi.

ARTHUR, *s'en allant*.

Je te dois mon bonheur.

—

Scène VI.

RODOLPHE. HORTENSE.

HORTENSE, *entrant*.

Vous n'étiez pas seul?

RODOLPHE, *embarrassé*.

Arthur...

HORTENSE, *vivement*.

M. Dorteuil chez moi !

RODOLPHE.

Monsieur votre père a bien voulu l'engager à ne pas rompre complètement.

HORTENSE.

Oui, mon père m'a comprise ; M. Dorteuil ne m'inspire qu'une profonde indifférence ; je puis le voir sans douleur comme sans émotion.

RODOLPHE.

Je voudrais vous demander une grâce, Mademoiselle ; ce serait de l'admettre à se justifier lui-même : il vous prouverait, j'en suis sûr, qu'on ne peut vous approcher impunément, et que vous jugez mal son esprit et son cœur.

HORTENSE.

Mais vous, Monsieur, vous?

RODOLPHE, *très-bas*.

Moi, Mademoiselle, il m'éviterait une lâcheté.

HORTENSE.

Ah! vous n'osez pas dire ce que vous pensez de l'homme qui a écrit ces lettres.

RODOLPHE.

Je pense, Mademoiselle, qu'il est bien malheureux puisqu'il a pu rêver le bonheur de vous obtenir et qu'il va perdre cette espérance.

HORTENSE.

Une galanterie n'est pas une réponse.

RODOLPHE, *avec feu*.

Je pense, Mademoiselle, que l'homme assez béni du ciel pour découvrir un amour vrai, un premier amour, pour trouver tant de pureté dans l'âme d'une jeune fille, tant de délicatesse dans son cœur, tant de limpidité dans son regard, que le doute deviendrait un blasphème; je pense que cet homme serait bien insensé ou bien infâme si, pour tant de bonheur, il ne donnait toutes ses pensées, tous ses rêves, toute sa vie.

HORTENSE, *un peu émue*.

Les débuts de votre visite, vous en conviendrez, Monsieur, ne devaient guère me faire craindre une conclusion aussi... étrange.

RODOLPHE.

Je sens, Mademoiselle, que vous avez le droit de vous étonner : il vient de s'opérer en moi une de ces révolutions subites, inexplicables, qui décident de l'avenir.

HORTENSE, *embarrassée*.

Je ne vous comprends plus.

RODOLPHE.

On vous dirait, sans doute, que ma vie a été bien bruyante, bien vide, bien légère ; je riais des sentiments les plus purs ; j'étalais, avec fierté, mes théories sensualistes ; je me desséchais le cœur par fanfaronnade. Mais lorsque votre voix vibrante d'émotion, a trahi, tout-à-l'heure, vos pensées les plus intimes, lorsque vous avez laissé tomber sur moi, à travers vos cils humides de larmes, un regard calme comme l'innocence, mélancolique comme la douleur, j'ai compris qu'il fallait un orgueil bien insolent pour vouloir étouffer, sous les théories les plus spécieuses, sous les raisonnements les plus solides, ce respect pour la chasteté de l'âme, cette soif d'amour vrai qui nous viennent de Dieu.

HORTENSE, *cachant mal son émotion*.

Monsieur... je ne puis supporter plus longtemps un pareil langage.

RODOLPHE, *tristement*.

Pardonnez-moi, Mademoiselle, c'est un beau rêve qui se finit ; je ne demande et n'espère rien ; je viens d'entrevoir que le bonheur pouvait exister dans la vie ; mais j'ai le courage de m'avouer qu'il est impossible pour moi.

Scène VII.

HORTENSE, M. VALTEAU, RODOLPHE, ARTHUR.

M. VALTEAU, *dans l'antichambre.*

Entrez, entrez-donc, mon cher M. Dorteuil; je me charge de votre affaire; j'ai beaucoup d'influence sur ma fille. (*Entrant*). Précisément, la voici, avec M. Saurel (*le saluant*), qui a dû me rendre la tâche bien facile.

ARTHUR, *joyeux, à Rodolphe.*

Tout est arrangé, n'est-ce pas?

M. VALTEAU.

Voyons, Hortense, M. Dorteuil revient soumis et repentant: il ne s'agit, j'en suis sûr, que d'un enfantillage, expliquons-nous franchement: que reproches-tu à ce brave garçon qui t'adore?..

HORTENSE.

Je n'ai le droit de rien reprocher à Monsieur, et je m'en félicite.

M. VALTEAU.

Tu nous dis cela avec un fond de rancune; M. Saurel s'est pourtant dévoué pour te convaincre. Sais-tu qu'une amitié pareille est un éloge pour celui qui a su l'inspirer?

HORTENSE, *avec malice.*

M. Dorteuil doit, en effet, beaucoup de reconnaissance à son ami.

ARTHUR, *à Rodolphe.*

Mon bon Rodolphe, je ne l'oublierai jamais.

HORTENSE, *sur le même ton.*

Il a fait preuve d'un dévouement..... auquel j'ai été obligée d'imposer silence.

ARTHUR, *lui prenant les mains.*

Mon pauvre ami, je ne m'attendais pas à moins de toi.

RODOLPHE.

Tu ne me dois rien, Arthur, et je ne puis conserver plus longtemps l'étrange position que me fait l'ironie de Mademoiselle. Je ne rougirai pas de l'avouer : j'ai subi une influence à laquelle personne n'eût résisté. Une heure a suffi pour changer le vieil homme...

ARTHUR.

Changé !... toi !...

RODOLPHE.

Changé, à ce point que si je ne savais trop bien à quoi m'en tenir, *(se tournant vers M. Valteau)*, j'aurais l'honneur de vous demander, Monsieur, la main de Mademoiselle votre fille. *(A Hortense)*. Je me justifie.

ARTHUR.

Toi ! c'est une indignité !...

RODOLPHE, *à Arthur.*

L'amour est le plus cruel ennemi de l'amitié; je viens de l'apprendre; mais, rassure-toi, il ne te fera aucun tort aujourd'hui.

M. VALTEAU, *embarrassé.*

Monsieur... votre demande me flatte... autant qu'elle m'étonne... Monsieur Dorteuil a des droits...

Un domestique, *entrant.*

Une lettre pour Mlle Hortense, avec ce paquet.

M. Valteau, *les prenant.*

Donnez... — Ma fille ne reçoit jamais de lettres sans que je les ouvre. Vous permettez, Messieurs?...
(*Lisant*) : « Ma toute belle. »

C'est une de tes amies. — (*Continuant*) « Deux à la »fois, c'est chic!!!!» (*Étonné*)! chic! — J'avais 27 autographes de l'autre; en voilà 73 de votre Rodolphe!! un style phosphorique!!! Il a passé un an à me tromper, le monstre!!!

Votre adorée,
Charlotte.

Charlotte! votre Rodolphe! — (*A Rodolphe*), voilà donc, Monsieur, à quoi nous expose votre présence chez moi!

Arthur, *à Rodolphe abasourdi.*

Le malheur nous rapproche, la littérature offre de bien grands dangers!

M. Valteau, *allant à sa fille, à part.*

Tu as entendu, ma fille, et Monsieur a osé me demander ta main; je vais le mettre à la porte.

Hortense.

Mon père, il m'a dit qu'il m'aimait!...

M. Valteau, *furieux.*

Il t'a dit!... mais c'est une audace!...

Hortense, *le retenant.*

Qu'on est bien heureuse d'avoir à pardonner.

M. Valteau

C'est égal !... tu dois être indignée comme moi.

Hortense.

Mon père, vous n'entendez rien à ces choses-là.

M. Valteau.

Mais que faut-il donc lui dire ?

Hortense.

Dites-lui que vous le verrez toujours avec plaisir...
(*plus bas, avec intention*) et... moi aussi...

M. Valteau, *stupéfait.*

Ahh !.. tu... et M. Dorteuil ?

Hortense, *un peu confuse.*

Il sera le témoin de son ami...

M. Valteau.

Ah !... mais on ne peut sans informations...

Hortense, *le caressant.*

Vous en prendrez... Vous êtes si habile, mon bon petit
père !

M. Valteau, *à Rodolphe.*

Mon cher Monsieur Saurel, pardonnez-moi un moment
de vivacité causée, sans doute, par la perspective pit-
toresque d'un style peu orthodoxe. Soyez persuadé que
toutes vos visites seront reçues avec plaisir par moi et...
par ma fille...

Rodolphe, *ébahi, regardant Hortense.*

Oh ! Monsieur, vous me faites entrevoir une si douce
espérance que je n'ose y croire.

M. VALTEAU, *à Arthur*.

Mon pauvre Monsieur Dorteuil, il est sûr et certain...

ARTHUR, *l'interrompant*.

Que les femmes sont capricieuses; vous me l'avez déjà dit trois fois.

M. VALTEAU.

Vous croyez?...

ARTHUR.

J'en suis sûr (*à Rodolphe*). Il me semble qu'on vient de te faire une déclaration... et que l'on me congédie...

RODOLPHE.

J'ai bien envie de le croire...

ARTHUR.

Et tes principes!...

RODOLPHE.

Les principes sont les chaînes de l'imagination et du cœur; je les brise.

ARTHUR.

Tout exprès pour me voler ma femme. — Voilà A QUOI SERVENT LES AMIS.

Julien de Laurières.

FIN.

www.ingramcontent.com/pod-product-compliance
Lightning Source LLC
Chambersburg PA
CBHW060842180626
46818CB00004B/1544